Problema *Sustantivo (plural p*

blemas – Cuando te va a caer

que has hecho. Si estás en clase con la señorita Olga, posiblemente te veas en problemas tanto si haces algo como si no. **2** *problemas o dificultades: Tuve problemas para conseguir que el pelmazo de mi hermano Manu Chinche saliera de la habitación y me dejara ver tranquila el episodio de Lara Guevara, sin tenerlo a mi lado molestando.* **3** *causa de preocupación o ansiedad: ¿Cuál es el problema? Seguramente la señorita Olga.* **4** *enfermedad o problema con la salud de uno: Tengo problemas con el oído, porque Vanesa García ha gritado tan fuerte que me ha dejado medio sorda.* **5** *situación de caos, desorden o avería: Salgo un momento al cuarto de baño y empiezan los problemas en la clase.* **6** *especialistas en problemas, en buscarlos o en solucionarlos: Ana Tarambana pertenecería al primer grupo. Lara Guevara estaría en el segundo.*

Ana Tarambana

Líos de ortografía

Lauren Child

SerreS

Son cosas que no tienen explicación, como: ¿Por qué, en español, la palabra "yo" se escribe con "y griega"?

Tal vez os preguntéis por qué hice lo que hice. Pero si estuvierais en mi lugar, seguro que comprenderíais que a veces no sé por qué hago las cosas.
Es difícil de explicar.
De pronto siento un impulso de hacer una cosa y la hago.
Y antes de que me dé cuenta, ya me he metido en problemas.
Mamá siempre me dice que antes de abrir la boca tendría que pensar lo que voy a decir y entonces todo sería mucho más fácil.
Seguramente tiene razón.
Pero mi cerebro es muy duro de mollera y no es capaz de asimilar las cosas tan rápidamente como yo.

Otra cosa que no acabo de comprender es:
¿Por qué, en español, la palabra "yo" se escribe con "y griega"? ¿Por qué hay que escribir "soy" y "estoy" y no "soi" y "estoi"? ¿Ortografía?
Me gustaría saber para qué sirve y por qué tiene que ser tan difícil. Quienquiera que la inventase, tiene que tratarse de una persona muy retorcida.
Todo empezó con esa fijación que le entró a la señorita Olga por organizar un concurso de ortografía, para ver quién es el mejor en clase deletreando palabras.
A mí eso de deletrear palabras no se me da demasiado bien. Normalmente ocupo mi cerebro en otras cosas y no en recordar la forma correcta de escribir las palabras.
No tengo la culpa. De veras, no es culpa mía.
Fíjate en la cantidad de otras cosas que también puedes querer recordar en tu vida. Como aquel chiste de una vaca al teléfono que me contó mi hermano Gus.
O aquella vez que fuimos de excursión al campo y llovió a cántaros y todos nos pusimos hechos una sopa, calados hasta los huesos.
Así que deletrear bien las palabras no me parece tan importante. Al menos, si lo comparo con otras cosas que sí son verdaderamente importantes.

A lo mejor sabes arreglar de forma rápida
y eficaz el dobladillo de la falda
con una simple grapadora.
O sabes dibujar un perro con
un bolígrafo sin
mover la cabeza para
ver el papel.
O enseñas a tu perro a dibujar
con un bolígrafo mientras
te mira...
Pero no te hacen pruebas para
aquello que la gente encargada
de las pruebas cree que no es importante.
¿No es más interesante alguien que salta desde
un helicóptero en pleno vuelo sin torcerse
un tobillo, que alguien que sabe deletrear
"otorrinolaringólogo"?
Me gustaría conocer a alguien capaz de limpiar las
manchas verdes de rotulador sobre una alfombra
blanca. Mi amiga Alba me dice que ponga encima
una silla para que no se noten. Hasta que pueda
encontrar una solución, espero que a Mamá no se
le ocurra cambiar de sitio las sillas.

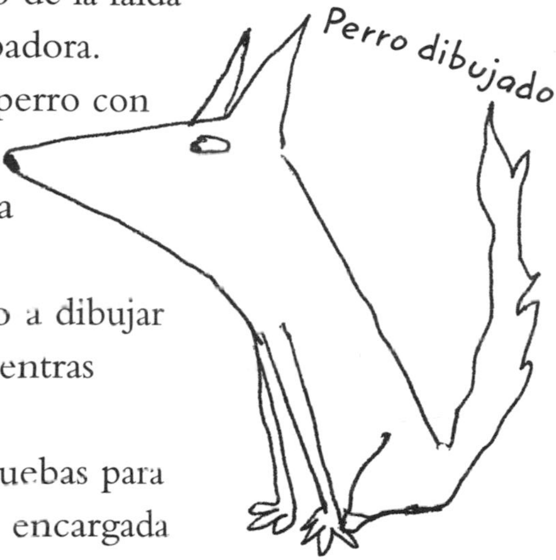

En cualquier caso, las pruebas de evaluación se me atragantan. Hay gente como Vanesa García, por ejemplo, que te responde como una máquina cuando le preguntas cuánto es 3,3 dividido por 2,4, mientras que para mí calcularlo es un dolor de cabeza.

En fin, aquí estamos haciendo una de esas pruebas estúpidas y el aula está en un silencio absoluto y se puede escuchar el tic-tac del reloj, que parece que va muy lento, pero curiosamente cada minuto levanto la cabeza y compruebo que ya es diez minutos más tarde y el tiempo se acaba.

Y detrás de mí siento resoplar a Roberto el Copiota. Está detrás de mí y resopla, cosa que me pone nerviosísima.

Así que me vuelvo y le digo: "¿Quieres dejar de resoplarme en la oreja, por favor?"

Y él me contesta: "Ana Tarambana, por supuesto que no puedo dejar de respirar porque me asfixiaría. Así que siento si te molesta, pero te aguantas".

Decido no replicarle, porque Mamá me ha dicho que si no tienes nada agradable que decir es mejor no decir nada. Como se puede comprobar intento

estar calladita en clase y no decir una palabra, cuando escucho a Vanesa García decirle a Ester Moreno que tengo encefalograma plano, porque he escrito "foto" con "l" y no con "t", porque se me ha olvidado el palito de la "t".
Y la señorita Olga ni siquiera le ha dicho que se calle. Sin embargo ha dicho: "Ana Tarambana, tu ortografía deja mucho que desear".
Y luego, cuando el tiempo se ha acabado, entrego mi ejercicio a la señorita Olga y me dice:

"Pero chica, ¡una araña ha metido las patas en un tintero y luego se ha estado paseando por tu hoja de papel!"

Me gustaría que alguien la sumergiera a ella en un tintero.
Y luego dice: "Tengo una noticia fantástica: por fin he conseguido arreglar las cosas para que todo el colegio participe en un concurso-colmena de ortografía".

En realidad no es más que otra manera de referirse a una prueba de ortografía, sólo que tienes que estar ahí de pie delante de todo el colegio deletreando las palabras de viva voz, sin poderlas escribir en un papel. A la señorita Olga, un concurso-colmena* de ortografía es lo que más ilusión le puede hacer en el mundo.
En cambio, para mí, es una buena razón para decirle a la señorita Marcia, la secretaria del colegio, que me ha entrado una terrible descomposición intestinal y necesito irme a casa urgentemente. Vamos, que ni se moleste en avisar a mi madre.
Así que he estado dándome una vuelta por ahí. ¿Quién decide qué es lo importante? Ojalá fuera yo.

* * *

En el recreo, Carlitos Terremoto estaba lanzando bombas de agua a Pepe Guasón. Sin querer, ha salpicado a Vanesa García y ella ha ido corriendo a chivarse.

* **colmena** significa que todo el mundo trabaja en lo mismo al mismo tiempo, como las abejas de una colmena produciendo miel todas juntas.

Se ha enfadado porque le ha mojado el impermeable... ¡Pero si los impermeables son para eso!

Así es Vanesa García.

Me cae fatal, porque es una sabelotodo y una cotilla y le encanta chivarse. Siempre procuro evitarla, porque no quiero una bronca con la señorita Olga. El caso es que la señorita Olga siempre cree a Vanesa y no a mí.

Incluso después de clase, cuando vamos a buscar los abrigos al perchero para irnos, Carlitos me cuenta un chiste de un cerdo que iba a cruzar la calle, pero cuando va a contarme el final, que es donde está la parte graciosa, llega la señorita Olga y dice: "Venga, desapareced de aquí vosotros dos, antes de que hagáis alguna trastada".

Y es que Carlitos tiene problemas incluso cuando se porta bien. Es uno de los efectos secundarios de haberte portado mal con anterioridad.

Yo digo: "Pero, señorita Olga, si sólo íbamos a buscar los abrigos".

Y ella dice: "Nada de contestar. ¡Andando!"

Y yo contesto: "Perdón por respirar". Pero lo digo muy bajito.

* * *

Llego a casa muy desinflada. Hasta mi hermano Gus me dice: "Pero chica, ¿qué te pasa?".
Y no es normal, nunca nota cuando otra persona está deprimida. Está demasiado ocupado sintiendo pena de sí mismo.
Cuando le pregunto a Mamá la razón por la que Gus está hoy tan animado, me dice: "Está contento, porque ha encontrado un trabajo para los fines de semana en El Cogollo".
El Cogollo es la tienda vegetariana del pueblo.

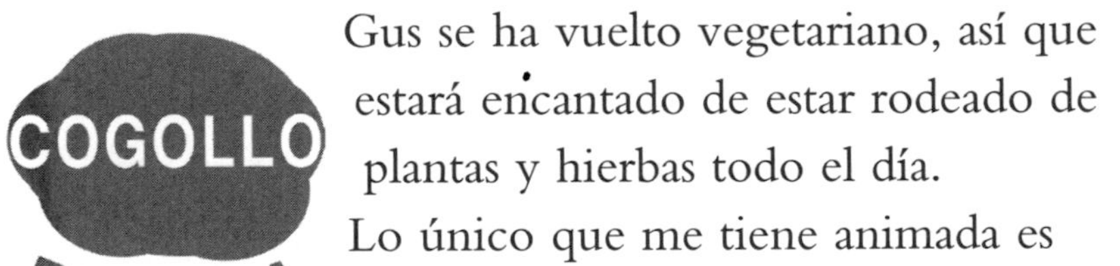

Gus se ha vuelto vegetariano, así que estará encantado de estar rodeado de plantas y hierbas todo el día.
Lo único que me tiene animada es que esta noche ponen la serie de Lara Guevara en la tele. Me chiflan los libros de Lara Guevara y todavía estoy esperando a que la autora Patricia F. Montes publique el próximo. He leído toda la colección al menos tres veces.

Afortunadamente, por si no os habíais enterado, ahora ponen dos capítulos de la serie de televisión cada semana. Y hay muchos, muchísimos capítulos. En realidad no se trata de una serie nueva. Mamá dice que es de su época y que los capítulos son de hace años. Esta es la razón de que la moda a veces parezca pasada de moda.
Los están volviendo a poner porque Patricia F. Montes ha vuelto a escribir libros otra vez y estoy segura de que tendrán tanto éxito como siempre.
No sabía nada de esto hasta que me lo ha dicho Alba Blanco, después de leerlo en la
página web de Lara Guevara.
Los nuevos libros serán algo diferentes y, supongo, tendrán un aire más actual.
Alba me dijo: "¿Sabías que Patricia F. Montes empezó a escribir los libros de Lara Guevara hace la torta de tiempo, allá por el año 1972?". Es decir, mucho antes de que naciera la mayor parte de la gente que conozco.

Lo mejor de todo es que van a hacer una película de Lara Guevara. Una película hecha en

Ahora Lara tiene ya trece años y sigue teniendo a su mayordomo, Pérez, que sabe que ella trabaja en secreto como agente secreto. Pérez es muy amable y guapo. A mi mamá le encanta.
El mejor amigo de Lara es Rubén Ríos, un chico muy inteligente y también muy divertido. Juntos, pasean en bici.
Alba y yo nos sabemos todas las frases de Lara Guevara de memoria. Dice cosas como "Para el carro, colega" y "¿De veras tienes cerebro?".
Si conoces el personaje, te preguntarás qué pasará con todos los trucos de alta tecnología que usa Lara Guevara. Supongo que en Hollywood sabrán resolverlo a base de efectos especiales.
Porque, a ver cómo simulas un comunicador de radio en un reloj de pulsera.
Y patines automáticos especiales que saben qué

dirección tomar cuando dices "Seguid a ese coche".
Y un helicóptero color púrpura que por dentro es
más grande que por fuera.
La chica que interprete a Lara en la película será
otra diferente de la que sale en la serie, porque la
actriz protagonista de los capítulos de televisión
ahora tiene por lo menos cuarenta años. Se llama
Teresa Smith y es estupenda, aunque la sacan rubia
cuando se supone que Lara Guevara tiene el pelo
castaño.
Apuesto a que Teresa Smith nunca ha tenido
que preocuparse por ser una abejita con buena
ortografía.

* * *

Estoy acostada en la cama pensando en todas
estas cosas, mientras contemplo el póster que me
regaló Papá. Es de un hipopótamo y tiene escrita
la palabra HIPOPÓTAMO. Todas las noches
cuando la leo se me ocurre que es una palabra rara
"hipopótamo", porque empieza con una **H**
absurda, que no aparece cuando la pronuncias en
voz alta. La letra **H** no tiene ningún sentido. Es más

lógico escribir "ipopótamo" sin la **H**, así como suena. Me quedo dormida y sueño que un hipopótamo entra en el colegio y se come a la señorita Olga. Y se queda como profesor y resulta que sabe un montón de matemáticas. La de cosas raras que se nos ocurren cuando pensamos que no estamos pensando en nada.

¿De dónde sale eso que llaman talento natural y por qué unas personas lo tienen más que otras?

2

Me despierto soñando todavía con Lara Guevara y su película y lo estupenda que va a ser. Y en cómo me gustaría ser una estrella, para no tener que participar en el dichoso concurso-colmena de ortografía. Fantaseo pensando en que cuando tengamos la función de teatro, dentro de poco ya, me descubrirá uno de esos buscadores de niños prodigio. Por si no lo sabéis, en mi colegio todos los años hay una función de teatro y es un gran acontecimiento, al que asiste todo el mundo.
Este año mi clase es la encargada de montar la obra, así que es una estupenda ocasión para que me descubran.
Creo que soy buena actriz. Me gusta actuar y creo que podría dedicarme al cine, pero preferiría poner una tienda de pasteles.

Pienso en todo esto mientras me dirijo al colegio, pero una vez allí se desvanecen todas mis fantasías y empieza el aburrimiento, cuando la señorita Olga dice: "Ya tengo la fecha para el concurso de ortografía. Será el último martes del trimestre, así que ¡sólo faltan unas semanas para el gran día! Por lo tanto, vamos a sacarle brillo a nuestro vocabulario y vamos ponernos a deletrear de manera intensiva. Que todo el mundo tenga en casa un diccionario y, si no, podéis tomar prestado uno de la biblioteca del colegio. Quiero que todos os entrenéis para deletrear palabras".
Debe de estar loca, porque debe de haber al menos un trillón de palabras en el diccionario y las posibilidades de que en el concurso me toque una de las que yo conozco son mínimas❀.
Cuando suena el timbre y acaba la clase, la señorita Olga dice: "¡No lo olvidéis! ¡Sólo faltan unas semanas para el gran día!".
Lo dice como si fuera algo importantísimo y la verdad es que a nosotros nos importa un pepino.

❀ **Mínimas**, significa pequeño en grado superlativo: "lo **más-mini**".

Alba me mira como diciendo "¡Está como una regadera!" y yo le hago un gesto girando un dedo sobre la sien, que significa: "Le falta un tornillo". Alba Blanco es mi amiga del alma. Sabe que la ortografía se me da muy mal. Pero no es mi culpa no saber que la palabra "animal" se escribe sin "h".

✺ ✺ ✺

Después del colegio, el papá y la mamá de Alba la vienen a buscar para llevarla a hacerse unas gafas nuevas, porque su perro se ha comido las viejas. Les contamos lo del concurso de ortografía. A la señora Blanco (Llámame-Tere) tampoco le gustan demasiado los concursos de ortografía. Dice: "A algunas personas se les da bien deletrear palabras y a otras no. Hay quien ve cada letra perfectamente colocada en su cerebro y en cambio otras personas las ven todas

r e v u e l t a s

de manera que les resulta totalmente imposible formar con ellas las palabras".
Dice: "Yo que tú no me preocuparía demasiado,

Ana. Te aseguro que eso de saber deletrear bien no es tan importante".

Y Tere es escritora, así que supongo que sabe lo que dice.

El señor Blanco (Llámame-Juancho) dice: "Había una época en que las palabras se podían escribir de diferentes maneras. La ortografía entonces no era tan importante como ahora".

Yo digo: "Pues a mí me gustaría volver a esa época".

Tere y Juancho se ríen, pero yo estoy hablando en serio.

Me despido de ellos y empiezo a caminar hacia casa. Voy pensando que si no tengo talento natural para la ortografía, entonces ¿cuál es mi talento

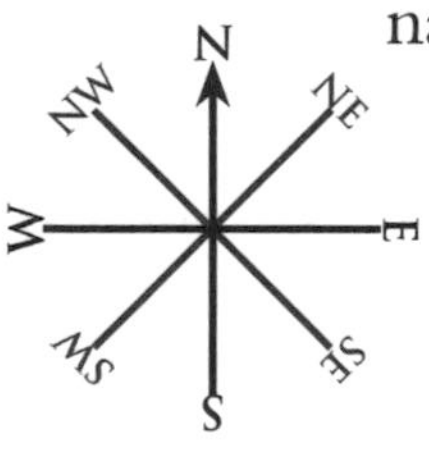

natural? Se supone que todo el mundo tiene una cosa que se llama talento natural, por alguna parte. Incluso si su talento natural consiste en empinar el codo, que es lo que se le da bien a mi tío Luís. Claro que no es el único talento que tiene. También sabe orientarse. Simplemente sabe en qué dirección hay que ir. Es una buena cosa, porque mi tío Luís es bombero, y

los bomberos siempre van a toda prisa y necesitan saber a dónde dirigirse.
El talento natural de Carlitos Terremoto es adiestrar perros. Es un don que tiene.
Puede haberlo heredado de su madre, que se dedica a eso. La mamá de Carlitos es adiestradora de perros y también saca a pasear los perros de la gente.
Carlitos dice: "Tienes que hablarles a los perros como si tú fueras uno de ellos. La gente dice que es una tontería, pero a mí me funciona. Tienes que tratarlos como si tú formaras parte de su manada y fueras el jefe. Entonces todos los perros te siguen".
Dice que se comunica con ellos con

Auuullidos

Carlitos dice: "Lo más importante es enseñarles modales. Pero debes tener cuidado de no ser demasiado estricto con ellos y no humillarlos, porque entonces doblegarás su carácter pero tendrás un perro triste".
Lo mismo que con las personas. Quieres que se comporten con educación y que al mismo

tiempo no sean aburridas. Roberto el Copiota es la antítesis de esto. Y está lejos de tener buenos modales, excepto que sea de buenos modales meterte el dedo en la nariz cuando estás hablando con alguien.

En casa tenemos un perro muy maleducado. Simplemente hace lo que le da la gana. Esto lo aprendió del abuelo.

El abuelo tiene buenos modales, pero no los utiliza demasiado, así que el perro tampoco ha tenido muy buen ejemplo para aprender.

Por eso Cemento es tan maleducado. Voy a llevarlo a que Carlitos le enseñe, porque Mamá ha dicho que aquí van a tener que cambiar un montón de cosas y podríamos empezar con el perro.

Voy pensando todo esto mientras paso por delante de la tienda donde Gus ha empezado a trabajar. Se llama El Cogollo, palabra que viene a significar más o menos la parte del centro, el núcleo. Todas las cosas tienen un núcleo, así que no sé por qué una tienda vegetariana lleva ese nombre. Son ganas

de confundir. Quizá "núcleo" sea una palabra más científica que "cogollo".
Papá dice que en español hay también otras palabras que significan lo mismo que "cogollo", como "meollo" y "la madre del cordero", aunque son más castizas. Es decir, menos científicas. De todos modos, no quedaría bien que una tienda vegetariana se llamase "La madre del cordero".
Mamá dice "cogollo" y Papá dice "núcleo".
Pero puedes emplear cualquiera de estas palabras indistintamente. Al menos, yo lo hago.
El Cogollo es también una tienda naturista, además de vegetariana. Vende productos que no han sido tratados químicamente contra las plagas.
No sé qué significa exactamente "naturista", pero imagino que tiene que ver con las cosas tal como son, sin artificios. Deberían anunciar sus productos con un cartel que dijera "con auténticos gusanos naturales incluidos", o algo así, para que la gente lo comprendiera mejor.
Mamá dice: "No pasa nada por comerse un gusano".
Y yo digo: "¿Y qué pasa si eres vegetariano?".

En cualquier caso, estoy pasando por delante del escaparate cuando veo que en el cristal hay una hoja de papel sujeta con cinta adhesiva:

Edúcate en la expresión
Apúntate al taller de teatro, danza y expresión para niños

Para más información:
Czarina – 659 426 577.

Por suerte llevo conmigo mi bolígrafo de la agente Lara Guevara y rápidamente apunto el número de teléfono en mi brazo. La tinta se vuelve invisible y sólo puedes verla si frotas.
Al llegar a casa le cuento a Mamá lo del taller de teatro y danza. Le pregunto si me puedo apuntar.
Mamá dice: “Me parece bien cualquier cosa que te haga pasar menos tiempo discutiendo con tu hermano”. Se refiere a mi hermano pequeño Manu, que es un bicho.
Quisiera apuntarme lo antes posible, así que una vez que me he terminado los espaguetis llamo a Alba Blanco.

Le digo: "¿Te apetece apuntarte a un taller de arte dramático?".
Y Alba dice: "¡Claro!".
Llamo al teléfono de Czarina y sale la voz de un contestador. Tiene una especie de música de fondo que no es música, sino más bien como un murmullo de agua y un sonido parecido al de una gaita.

La voz dice:

"Nunca pierdas de vista tus sueños.
Actúa sobre ellos.
Si quieres información sobre el taller de teatro,
deja tu nombre y número de teléfono
después de oír la señal.
¡Acuérdate de pasar un día interesante!"

Dejo mi mensaje y espero no olvidarme de pasar un día interesante. Me pregunto a mí misma si no será el teatro mi talento natural.

Lo mismo da ser malo todo el tiempo

Hoy han pasado tres cosas estupendas.
Una, que he recibido un paquete desde América, de mi abuela. A veces nos envía cosas, sin que sea nuestro cumpleaños ni nada por el estilo, sólo porque se le ocurre que pueden gustarnos.
Lleva una nota que dice: "Creo que esto te encantará". Y cuando lo desenvuelvo, la verdad es que sí.
Es un cuaderno de Lara Guevara con un candado. Nadie puede leer lo que escribes, a no ser que tenga la llave. Pero tú la llevas contigo siempre, camuflada en un collar secreto especial de modo que los cotillas nunca puedan encontrarla.
Y ni siquiera sospechan que se trata de un cuaderno de Lara Guevara, porque no lo pone en ningún sitio. Sobre la tapa sólo tiene una mosca que desaparece cuando le das un golpecito.

Es típico de la forma de actuar de Lara Guevara: no llamar la atención sobre sus asuntos secretos. Dentro tiene un montón de consejos de Lara Guevara, información

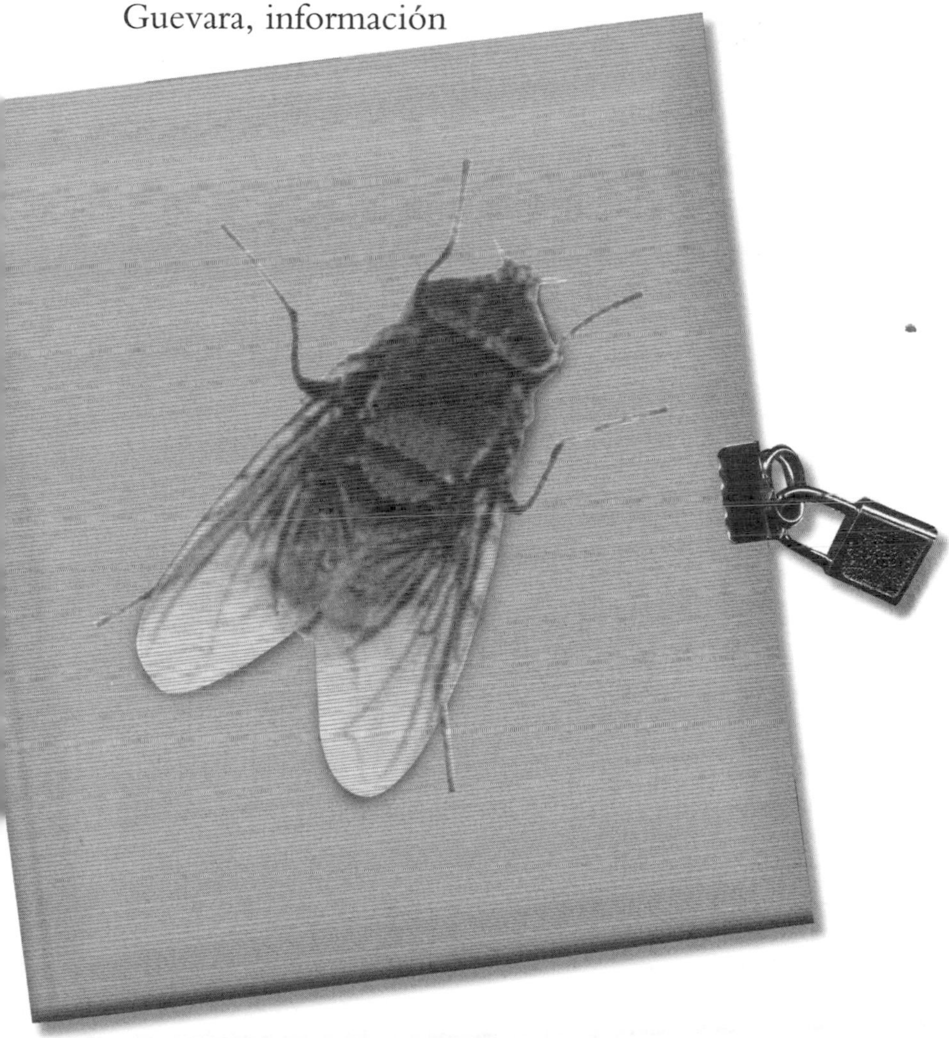

de utilidad y cosas como, por ejemplo, cómo
sobrevivir en una emergencia.
O qué hacer si un archivillano quiere acabar contigo.
O cómo hacerte el dormido de una manera creíble.
Ahora estoy en posesión de todos esos astutos
trucos y consejos.
Como esa regla de Lara Guevara que dice **"SI QUIERES CAERLE BIEN A ALGUIEN, PROCURA QUE NO TE PILLE MANÍA."** Parece una regla sencilla, pero es increíble
cómo se le olvida a la gente.
He decidido que voy a apuntar en mi cuaderno
de Lara Guevara todas las cosas que vea que me
parezcan interesantes y sospechosas. Ni siquiera
Alba Blanco tiene un cuaderno como el mío.
Cuando me lo ha visto en el colegio, ha dicho:
"¡Jo, Ana, qué suerte tienes!".

* * *

La segunda cosa buena que me ha sucedido hoy es
que Alba me ha regalado una chapa que ha hecho
con su máquina de hacer chapas. Tiene las iniciales
de Ana Tarambana, AT, en rojo. Alba se ha
hecho otra chapa para ella, con las iniciales AC.

Le digo que debería ser **AB**, de Alba Blanco, pero resulta que no. Que la **C** corresponde a la inicial de su segundo nombre. Es un nombre secreto que nunca utiliza y nadie sabe que lo tiene.

Seguramente ha tomado la idea de la chapa metálica que Lara Guevara lleva en la hebilla de su cinturón, con las iniciales **LG**. También su amigo Rubén Ríos tiene una hebilla con las iniciales **RR**. Pérez nunca llevaría una chapa así, porque siempre viste con traje y no le pega.

* * *

Y la tercera cosa estupenda del día de hoy es...
El nuevo profesor que ha llegado al colegio.
Ha venido de Trinidad, en régimen de intercambio. En correspondencia, nosotros hemos enviado allí a don Baltasar. La razón de hacer intercambios es aprender las mismas cosas que aquí, pero en otro sitio. Mi hermana mayor, Marga, se encuentra de intercambio en Francia. Está estudiando francés.

Y lo que yo he aprendido con esto es que, si tienes una hermana de intercambio en Francia, no tienes que esperar media hora a que salga del cuarto de baño.

Nuestro profesor de intercambio, don Nosequé (no me he enterado de su nombre) lleva zapatillas deportivas. Todo el mundo habla de él.

Y algunos lo van a escoger como su profesor-tutor durante un periodo de varias semanas.

Alba y yo nos cruzamos con él por el pasillo y nos acercamos a él y yo le digo: "Señor, me gusta su camiseta", porque lleva una camiseta con un dibujo de un perro nadando. Le digo:

"¡Es preciosiiiiísima!".

Y él contesta: "Gracias, **AT** y **AC**".

Es muy simpático.

Le pregunto: "Señor, ¿cómo se llama usted?".

Y él dice: "**PW**, pero podéis llamarme don Felipe".

La verdad es que es muy divertido. ¿Qué significarán las iniciales **PW**?

Habla con un acento curioso, porque es de Trinidad, una isla del Caribe. Allí fue donde se conocieron tía Margarita y tío Luís, el hermano de

Mamá. Son los padres de mis primos Yola y Noé, que viven a la vuelta de la esquina.
El jugador de críquet favorito del abuelo también es un caribeño de Trinidad.
Espero que nos toque don Felipe como profesor.
Parece la mar de simpático.
Dibujo el perro nadador de su camiseta en mi cuaderno de Lara Guevara, porque es de esas cosas que verdaderamente interesan.

Perro nadador

❋ ❋ ❋

Después de comer, la señorita Olga nos dice:
"Durante el tiempo de recreo, la señorita Camila y yo haremos audiciones para la obra de teatro de este año. Quien quiera participar, puede acercarse.
Y como no quiero tonterías, hasta más adelante no pienso revelar cuál es la obra que representaremos este año".
Estoy alborozada de veras, ojalá este año me toque un buen papel.

El año pasado hice de zanahoria y sólo decía dos frases.
Una de ellas era: "Soy una zanahoria".
He perdido el interés en hacer de hortaliza que habla. No es realista.
No tengo nada contra la gente imaginativa, capaz de organizar un tinglado con cosas sorprendentes, pero en este caso no es nada interesante, porque ¿a quién le interesa saber lo que diría una zanahoria si pudiera hablar?
La respuesta es que no le interesa a nadie, porque las zanahorias se pasan toda la vida bajo tierra, a oscuras, criándose como zanahorias. Hasta que un día alguien las recoge de la tierra. Así que no tienen nada interesante que contar, porque no han tenido nunca una experiencia interesante. Incluso aunque alguna haya conocido a un gusano.
De todas maneras, Alba y yo estamos deseando saber qué obra se representará este año. Esperamos que no sea una escrita por la señorita Olga. Está chiflada por el baile. Así que absolutamente todo tiene que terminar bailando siempre, tanto si son lechugas como si son tomates.

Las audiciones resultan una tremenda estupidez. Tenemos que hacer cosas como pretender que somos árboles que crecen en el bosque y luego brincar como ardillas y otras cosas que no tienen nada que ver con el verdadero arte de la declamación.
Y ahí me tienes, por mi propio bien, intentando parecer una ardilla estúpida, mientras la señorita Olga me regaña sin venir a cuento. No es justo. Además es aburrido y nada divertido.
Cuando vuelvo a casa, mi hermano Manu entra corriendo en la cocina y choca con la mesa y luego hace ruido al golpearla encima con un vaso de agua y Mamá dice: "Marchaos a correr un rato al jardín hasta que os hayáis tranquilizado un poco".
Y yo intento decir: "Pero si yo...".
Y Mamá dice: "Ha sido un día largo y agotador y no tengo el cuerpo para aguantar tonterías".
A esto es a lo que me refiero cuando digo que lo mismo da portarse mal todo el tiempo. El resultado, de cualquier manera y hagas lo que hagas, es que siempre tienes problemas.

Algunos días que empiezan mal pueden terminar muy bien

Carlitos ha escrito hoy una cosa en el tablón de anuncios del colegio. No ha sido una buena idea. Aunque demuestra que su ortografía es buena. Porque si escribes

La señorita Olga camina como un «caballo»

deberías tener cuidado de no hacerlo cuando ella esté en el pasillo.
Carlitos dijo que no había sido él. Tampoco fue buena idea, porque la señorita Olga dijo: "Carlitos ¿piensas que estoy ciega o que soy estúpida?".
A lo que Carlitos contestó: "Por supuesto que no está usted ciega".
La señorita Olga ha dicho que se va a tomar el fin de semana para pensar en un castigo ejemplar,

porque todos los que se le ocurren no le parecen suficientes.

* * *

Puesto que me muero de ganas de participar en la obra de teatro y quiero un papel protagonista, tomo la decisión de mantenerme al margen de cualquier lío para caerle bien a la señorita Olga. Lara Guevara diría que se trata de **"MANTENER UN PERFIL BAJO, SIN LLAMAR LA ATENCIÓN SOBRE TU PERSONA. HAY QUE MEZCLARSE CON LOS DEMÁS Y TRATAR DE HACER LO MISMO QUE ELLOS".**

Es uno de los consejos de Lara Guevara.
Así que miro a uno y otro lado de la clase, para ver qué es lo que están haciendo los otros y veo que Roberto Copiota se ha dejado colgando un lápiz de un agujero de su nariz.
Decido no mezclarme con él.
Me parece que más bien debo imitar a Vanesa García, ya que es una de las favoritas de la señorita Olga. Pero me resulta muy difícil imitar su sonrisa de pelotillera y a cambio compongo un gesto de los míos.

Así, estoy sentada mostrando cara de gran concentración. Esto lo consigo por el procedimiento de arquear ligeramente mis cejas, de modo que parezca que estoy escuchando, incluso aprendiendo, y eso que todo lo que está diciendo es muy aburrido.

No parece funcionar muy bien, porque apenas llevo cuatro minutos así y la voz de la señorita Olga resuena de pronto como si fuera una bocina que me dice: "Ana Tarambana, aunque no sé en qué estás pensando, por la cara que pones no se trata de nada bueno". Y a mí me gustaría decir: "Creo que ni yo sé en qué estaba pensando, porque me he sumido en una especie de trance debido a las cosas aburridas que usted decía. Así que podría decirse que no estaba pensando en nada". En cambio, digo:

"Pero señorita Olga, la lección me parece archinteresantiiiísima y me fascinan todas las cosas archinteresantiiiiísimas que está usted diciendo".

Y la señorita Olga dice: "Para empezar, la palabra archinteresantiiiiísima no existe en el diccionario. Te la estás inventando y no se pueden inventar palabras a tontas y a locas.

¡A saber dónde estaríamos si todos inventáramos palabras!".
No voy a conseguirlo. Me resigno a estar sentada, sin decir ni pío.
Mamá está intentando enseñarme a no replicar. Dice: "No replicar te hará ahorrar un montón de tiempo en la carrera", y cosas por el estilo, aunque yo estoy tentada de contestar algo. No lo hago ahora, porque quiero tener un papel importante en la obra.
Así que debo mantener la boca bien cerrada.
Lara Guevara tiene una buena técnica para conseguir que no hable nadie. Consiste en impedir que se pronuncie palabra alguna metiéndoles en la boca un par de calcetines. Pero hay una norma que nos impide comer en tiempo de clase, así que no puedo hacer uso de esta brillante idea.
La única persona capaz de adivinar lo que estoy pensando es mi Mamá. Se le da bien. Dice que es porque tiene la experiencia de haber sido madre casi la mitad de su vida. "Leer el pensamiento de los hijos es una de las cosas que las madres saben hacer bien."

Dice que aunque no sabe decir ironías muy bien, sí que puede leerte el pensamiento.

* * *

Por la tarde, la señorita Olga nos anuncia qué obra de teatro representaremos en el colegio este año. Resulta que vamos a hacer

Sonrisas y lágrimas

Carlitos dice que se trata de una comedia lacrimógena y sensiblera y que no piensa tomar parte. Personalmente creo que tiene razón, pero no me importa. Estoy deseando participar.
Todo el mundo ha visto **Sonrisas y lágrimas**, todas las navidades la ponen al menos una vez por la tele. Al Abuelo le gusta, pero Papá no la soporta y siempre se ofrece para fregar los platos cuando empieza. Dice que preferiría pasar tres horas a oscuras en una habitación con un perro rabioso, antes que

tener que tragarse **Sonrisas y lágrimas**. Alba dice que sobre todo le gustaría hacer el papel de Julie Andrews, que en la obra se llama María. María es una monja que tiene buena voz y se hace niñera y se casa con el capitán Von Trapp, que es el padre de siete niños o así.
Los niños terminan vistiéndose con unos ropajes hechos con cortinas y resulta que cantan muy bien. A mí me encantaría ser la hija mayor del capitán Von Trapp, llamada Liesl. Liesl tiene un novio que se vuelve nazi, pero antes de eso trabaja como cartero.
Cuando vamos al parque, Alba y yo corremos colina abajo con unos delantales, como en la película. Pero esto no se lo cuento a Carlitos.

✲ ✲ ✲

Lo que me arregla el día, después de todo lo que ha pasado en el colegio, es que Alba y yo hemos ido a nuestra primera sesión en el taller de teatro, danza y declamación. Vamos al estudio de teatro, que es el mismo sitio donde Mamá tiene sus clases de yoga y apesta al perfume de esas barritas

orientales que se queman para que no se note el olor a pies.
Intentamos convencer a Carlitos para que venga, pero dice que no. Que está mejor con su perro que haciendo el canelo, intentando aparentar que eres algo que no eres.
Es una pena, porque el taller resulta muy entretenido y fascinante.
La profesora, Zarina, pertenece a una escuela de profesores de teatro avanzado y está muy atractiva con su piercing con forma de anillo en la nariz.
Suele vestir con un atuendo parecido a un pijama y calza zapatillas de ballet con lentejuelas.
Casi siempre anda de puntillas.
Es medio paquistaní, pero tiene un nombre ruso:

C . Z . A . R . I . N . A .

En realidad, basta con pronunciarlo como Za-ri-na, no hay que preocuparse por la C del principio, que no sirve para nada. Son cosas del lenguaje.
Alba me ha dicho que Czarina es un nombre muy elegante, incluso sin esa C que no hace ninguna falta.
A las dos nos gustaría tener un nombre como ése.

Czarina llama a todo el mundo "***queridox***",
no importa de quién se trate. Y dice que la
interpretación es un arte, pero claro, no se parece
en nada a ese arte al que yo estoy acostumbrada y
que tiene mucho más que ver con usar cartulina de
colores y cola de pegar que huele a pescado.
Ella nos pone a hacer todos esos ejercicios
especiales que hacen los actores. Tienes que
aprender esa manera especial de respirar y de
estirarte y recitar unos versos verdaderamente
difíciles de recitar, y tienes que decirlos muy
deprisa una y otra vez. Czarina dice:

"Queridox, tenéis que conectar con el público,
conquistarlos, hacer que os amen, hacer que os odien.
Utilizad vuestra voz, vuestro cuerpo, vuestra energía.
Captadllos, no los dejéis ir".

Tenemos que estar de pie muy derechos y respirar
profundamente desde el dedo gordo del pie.

Czarina dice:

Sentid como si vuestro cuerpo
se inundase ***por completo*** *de oxígeno,*
sentidlo *en vuestras piernas, en vuestro vientre*
y en los dedos,
flotad *por* ***encima*** *del suelo,*
¿estáis ***flotando,*** *queridos?*

Es tan estupendo, nunca pensé que podría flotar, pero cuando ella lo dice de esa manera, siento que puedo. Czarina dice:

"Sois ***estupendos,***
queridos, ***flotáis maravillosamente bien".***

Czarina dice:

"Sí, es ***extraordinario*** *cómo el* ***talento***
se desliza *en nosotros cuando*
contamos un ***poquito*** *con él".*

¡Uao! ¡Czarina piensa que tengo talento!

A veces piensas que conoces a la gente y luego te das cuenta de que no es así

El sábado viene a casa mi amiga Alba Blanco y Mamá nos pide que vayamos a la tienda vegetariana para comprar algo de tofu, que es como una especie de queso blanco pero quc no sabe a nada.

Cuando entramos en la tienda, hay un montón de chicas jóvenes intentando que sea Gus quien las atienda y tenemos que saludar agitando la mano para que se dé cuenta de quc estamos allí.

Gus se está volviendo un chico muy guapo, es lo que dice Mamá. Entiendo a qué se refiere, su aspecto ha mejorado mucho. Tiene menos granos y su pelo parece que ha ganado sentido de la orientación. Gus lleva puesta una camiseta con el logotipo de El Cogollo. Es bueno en su trabajo. Parece que sabe lo que hace.

COGOLLO
PLANTA

Me apetece tener mi propio trabajo.
No me asusta la idea de trabajar en la tienda vegetariana, porque me gusta poner las cosas dentro de una bolsita de papel marrón y cerrarla doblándola por arriba, que es en lo que consiste la mayor parte del trabajo.
En la tienda, muchas de las chicas parlotean y dicen: "Oh, Gus, qué divertido".
Y Gus es algo divertido, pero no tan divertido.
Yo soy bastante más divertida y nadie se ríe de mis chistes, ni de los de Alba.
Kevin Sánchez también está en la tienda. Es el propietario del establecimiento y Alba y yo pensamos que su nombre suena como el de un actor de cine.
Es un hombre muy simpático y siempre está bromeando, pero muchos clientes no pillan los chistes, porque sabe mantener la cara bien seria sin que se note que está de broma. La mayoría sólo piensan que es un poco raro.
Llega una cliente que frecuenta mucho El Cogollo.
Siempre va con chanclas, incluso en invierno.
Kevin Sánchez la saluda: "Hola, Vicky, ¿qué tal te encuentras hoy?".

Y ella contesta: "Bien, excepto una molestia que tengo aquí, en la axila".
Kevin Sánchez dice: "Podría tratarse de un simple roce, tal vez un contacto más suave lo solucionaría".
¿Alguien lo ha entendido?
Como es imposible que mi hermano nos atienda, le pregunto a Kevin por ese pan que pesa mucho y que está hecho con distintos cereales. A Mamá le encanta, pero el Abuelo y yo lo encontramos difícil de masticar. El truco está en beber agua en cantidad mientras lo comes.
Kevin Sánchez contesta: "La tienda se está llenando de chavalas, estoy empezando a sentirme un poco como una grosella espinosa... No, lo siento, se me ha terminado todo". Pero tiene razón, nunca había visto en la tienda tantas chicas de 14 a 17 años.
Gus parece no darse cuenta, que es como se supone que es él.
Es Piscis. O pisceriano, que suena parecido a vegetariano pero en realidad es una palabra que define tu tipo de personalidad.

Depende del mes en que hayas nacido y, si es febrero, puedes ser del signo de un pescado y probablemente tienes un carácter soñador y te cuesta concentrarte. Lo he leído en los horóscopos. Mamá suele decir: "Gus es un Piscis típico".
Y es verdad. Parece un besugo, porque tiene esa forma triste de mirar igual que la de los peces. 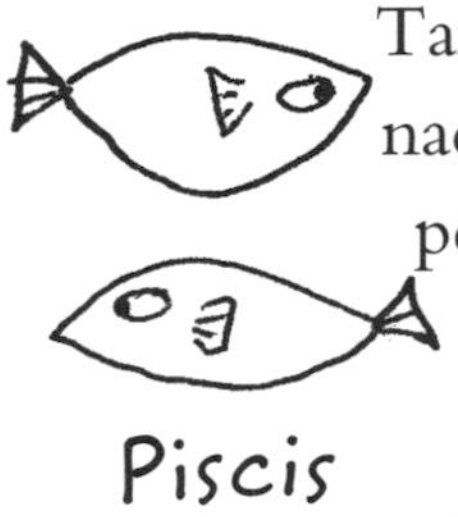
También va de aquí para allá sin decir nada, que es exactamente lo que los peces hacen.

Piscis

Mamá se pasa la vida leyendo los horóscopos, aunque no cree ni una palabra de lo que dicen.
Alguien derrama una jarra de escabeche natural y el olor no es demasiado agradable, así que Alba y yo decidimos emprender una rápida retirada, después de haber comprado patatas fritas azules y un extraño zumo que huele a mil demonios.
Alba dice que ha vuelto a visitar la página web de Lara Guevara y parece que hay mucha información nueva sobre la película de Hollywood y han puesto las fotos de los artistas que van a intervenir.

Aparte de Lara Guevara, el personaje más importante es Pérez.
Por si alguien no lo sabía, Pérez es un hombre sorprendente. Es quien prepara todo el arsenal de agente secreto que usa Lara y todo el mundo se piensa que es un simple mayordomo.
Y lo es, pero no sólo es eso.
Por la mañana lleva a Lara una taza de té a la cama, pero también es quien pilota su helicóptero de color púrpura y acude siempre a rescatarla.
Alba dice: "El nuevo Pérez es casi exactamente igual que el viejo", por ejemplo, su pelo perfectamente cortado con algunas vetas grises.
Tiene las mismas cejas que el otro Pérez.
Es sorprendente de todo lo que te puedes enterar en Internet. Casi nunca navego por Internet porque mi hermano Gus tiene la conexión en su cuarto y no se fía de mí ni de Manu.
Cuando hemos terminado nuestros bocadillos, vamos a ver cómo Carlitos enseña a Cemento y al Abuelo a comportarse. Se encuentran al pie de la colina.
Pienso que va a ser muy aburrido, porque no podemos hablar ni interrumpir, y ver un

entrenamiento de esos tiene que ser aburrido. Pero resulta que no.
Carlitos es muy buen adiestrador y Cemento y el Abuelo aprenden bastante deprisa. Lo primero que Carlitos está intentando conseguir es que Cemento no salte sobre la gente y se ponga a ladrar como loco. Para eso, lo primero es impedir que el Abuelo anime a Cemento a hacerlo.
Estoy muy sorprendida con Carlitos. Se porta muy bien con el Abuelo. Incluso cuando hace algo mal le dice: “No te preocupes, ya le pillarás el truco”.
Pienso que Carlitos sería un estupendo profesor. A los dos les cae simpático. Cuando nos ve, hace una imitación de la señorita Olga trotando como un caballo, que incluso al Abuelo le parece archidivertida y eso que nunca ha visto la forma de andar de la señorita Olga.
Después Carlitos viene a cenar a casa. Mamá, como una especie de experimento, nos prepara hamburguesas de tofu y le salen bastante insípidas. Pero Carlitos dice de un modo muy diplomático que tienen un sabor interesante.

Mama dice: "¿Cómo está tu madre, Carlitos? ¿Qué tal le va el negocio de sacar perros a pasear?".
Y Carlitos contesta: "Está muy bien. Y el negocio le va de maravilla. Suele pasear a cinco perros al mismo tiempo, pero al perro del señor Pereira lo tuvo que dejar durmiendo, porque está ya muy viejo. Así que a ése ya no lo va a llevar más".
Mamá dice: "Bien, dale recuerdos de mi parte. Es posible que nos encontremos en la función de teatro".
Y Carlitos contesta: "Quizá".
Después de la cena, Alba, Carlitos y yo hablamos de la película de Lara Guevara que están rodando en Hollywood y lo estupenda que va a ser. Yo digo: "No me imagino cómo se van a apañar para sacar a Lara volando con sus alitas planeadoras".
Carlitos dice: "Eso es fácil. Se hace con efectos especiales, con modelos y ordenadores y todo ese rollo".
Carlitos entiende mucho de esas cosas.
Alba sigue: "Dicen que van a rodar parte de la película en España y, quién sabe, a lo mejor es en Madrid".

Alba ha visto en la tele un documental sobre estrellas de cine y resulta que durante el rodaje viven en caravanas.
Yo digo: "Me encantaría vivir en una caravana".
Carlitos dice: "Yo vivía en una caravana antes de venir aquí, antes de que mi padre se marchara".
Yo digo: "¿De veras? No lo sabía. Tenía que ser estupendo".
Carlitos dice: "No te creas. Tenía goteras".
El padre de Carlitos era camionero, pero se quedó sin trabajo y sufrió una depresión. Un día desapareció sin dejar rastro, simplemente se marchó y no regresó. Nadie sabe qué ha sido de él. Carlitos siempre está esperando que lo llame, pero él nunca llama.
Hay muchas cosas sobre Carlitos que ignoro y supongo que hay muchas cosas que no le cuenta a nadie. Pero cuando te cuenta algo, siempre es muy interesante.
Carlitos es muy especial, es una persona muy suya. Te crees que lo conoces y en realidad sabes muy poco de él.

✺ ✺ ✺

Cuando se han marchado Alba y Carlitos, le pregunto a Mamá: "¿Por qué el padre de Carlitos se marchó así, sin llamar para decir que está bien? ¿Crees que volverá?".
Y Mamá dice: "A veces la gente se ve desbordada por las cosas que pasan. Y se meten en un laberinto del que luego no resulta fácil encontrar la salida".
Y yo digo: "¿Pero por qué la mamá de Carlitos no busca a su marido, si Carlitos lo echa de menos? ¿Por qué no hace nada por encontrarlo?".
Y Mamá dice: "Seguramente tendrá sus razones. Quizá sepa que el papá de Carlitos ahora no puede hacer de papá, pero eso no significa que sea una mala persona. A veces las cosas no son tan sencillas".
Yo quisiera que las cosas fueran más sencillas, aunque esto es algo que estoy empezando a aprender, que a veces lo difícil es no meterse en un laberinto.
Voy y pongo corriendo la tele. Van por la mitad de un episodio de Lara Guevara titulado

OJOS QUE NO VEN.

Es interesantísimo, porque Lara acaba de recibir una invitación espantosamente llamativa para asistir a una fiesta de Julito Lechuga, que es un chico millonetis que vive en Somosaguas*, el barrio más pijo de la ciudad y se pasa la vida dando superfiestas. Lara está de pie mirando la invitación y en ese momento aparece Rubén Ríos, que hace un derrapaje con su bici y se planta justo donde se encuentra ella.
Dice: "¡Hola! ¿Has oído lo de la fiesta de Julito Lechuga? Creo que ha invitado a todo el mundo menos a nosotros dos".
Lara mira de reojo la invitación que tiene en la mano y luego mira a Rubén Ríos. Se da cuenta de que Rubén es el único que no ha sido invitado. Un detalle de lo más cutre por parte de Julito, que no puede ni ver al bueno de Rubén porque es estupendo y le tiene envidia. De todos modos, Lara no quiere que Rubén lo sepa, para que no se sienta ofendido.
Entonces Rubén ve que ella tiene algo en la mano y pregunta: "¿Qué es eso?".

* Dando por supuesto que la acción se desarrolla en Madrid, España.